"All' Orsetto dal cuore rosso

che protegge la mia anima"

Book Design & Cover Design: Antonino Garozzo

ANTONINO GAROZZO

SENTIVO UNA *Voce*

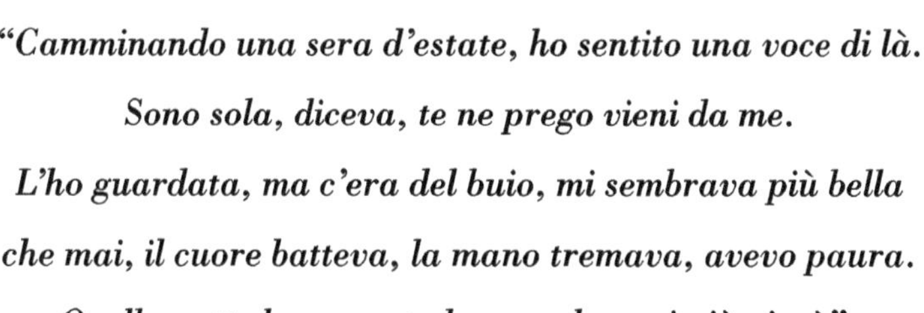

"Camminando una sera d'estate, ho sentito una voce di là.
Sono sola, diceva, te ne prego vieni da me.
L'ho guardata, ma c'era del buio, mi sembrava più bella
che mai, il cuore batteva, la mano tremava, avevo paura.
Quella notte ho provato le cose che mai più vivrò".

INTRODUZIONE

Il romanzo si divide in undici capitoli, ognuna delle quali sancisce una fase importante della vita del protagonista.
Egli è un uomo che, una notte d'estate, subisce un incidente stradale mentre è di ritorno presso la propria casa, e famiglia.
Capitolo dopo capitolo, impareremo a conoscere l'uomo, a scoprire le sue debolezze, le sue paure e quello che ha dovuto superare in questa vita, e quali sono stati gli eventi che lo hanno segnato.
Il protagonista, in prima persona, è insieme a noi passo dopo passo, perchè è lui stesso che rivede quei singoli momenti.
La sua anima, a causa dell'incidente avuto in strada, si separa dal corpo ed è come se andasse a ripercorrere, a ritroso, tutte quelle fasi della propria vita che lo hanno portato ad essere così oggi.
Il nostro compito è quello di accompagnare il protagonista in questo viaggio.
Esaminando ogni capitolo, andremo a conoscere l'uomo sin dai primi momenti della propria nascita, lo vedremo bambino, fanciullo, ragazzo e poi uomo. Insieme a lui rifletteremo su temi negativi che oggi invadono le nostre realtà come la violenza sulle donne, il bullismo, la depressione e la morte ma ci saranno momenti in cui vedremo che la vita può e deve essere amore, fratellanza, benevolenza e rispetto.

Il tutto verrà visto con i suoi occhi che non saranno sempre gli stessi durante i vari capitoli, per il semplice fatto che ogni evento avviene in un momento diverso. Cambieranno i suoi pensieri, le sue riflessioni, il suo modo d'agire, le sue vedute. Col passar del tempo prenderà piede la maturità, che man mano porterà quel bambino del primo capitolo a essere un uomo nell'ultimo. Lo vedremo crescere in età, in pensieri, gesti, sembianze e la sua vita sarà sempre in continua evoluzione. Ci saranno momenti di assoluta fragilità come quando subisce atti di bullismo, che si alterneranno a momenti di estrema forza come quando deve prendersi cura di sua nonna in stato vegetativo, che poi la porterà verso la morte. Vedremo momenti spensierati come quando da piccolo balla con la propria madre, e poi lo ritroviamo nuovamente ballare da grande con la stessa madre. Lo vedremo sorridere, essere felice come quando staremo insieme a lui durante il giorno del suo matrimonio, respireremo la tensione in ospedale, legata al parto della moglie che sta dando alla luce i suoi figli. Vivremo con lui la semplicità di vivere un giorno che non vale niente, ma che per noi diventa essenziale per affrontare insieme il viaggio. Noi lo seguiremo dappertutto, perchè noi siamo lui e lui è noi. Nell'ultimo capitolo della narrazione, in quel che sarà la conclusione del romanzo, staremo insieme a lui, nel luogo dell'incidente, nell'attesa che arrivino i soccorsi, per poi andarcene e lasciarlo da solo in un momento di riflessione.

Il filo conduttore di tutte le varie fasi sarà questo simpatico orsetto dal cuore rosso, che accompagna il nostro protagonista. Il peluche diventa una valvola di sfogo emozionale per l'uomo, dalla nascita al momento dell'incidente, lo potremmo vedere come la memoria dell'uomo, che passo dopo passo conserva le informazioni essenziali per conoscere se stesso. Il simpatico amico aiuta l'uomo nel sopperire alle mancanze della vita, a far superare le paure che l'uomo sin dalla tenera età deve affrontare. C'è nei momenti di sconforto, nei momenti felici, ovunque e dappertutto. La domanda che nasce spontanea è il perchè di questo cuore rosso, e la risposta è consequenziale. Il rosso rappresenta per antonomasia il colore dell'amore. L'amore è un potere dell'uomo; un potere che annulla le pareti che lo separano dagli altri essere umani, che gli fa superare il senso di solitudine e separazione, e tuttavia gli permette di essere se stesso e di conservare la propria integrità. Sembra un paradosso, ma nell'amore due esseri diventano uno, pur sapendo di essere due.

PROFUMO DI CASA

CAPITOLO 1

Apro gli occhi, vedo le prime luci dell'alba, dal mio piccolo letto. Un lenzuolo ricamato a mano, vedo delle lettere una a, una n, una t e per finire una o. Ancora non sono capace di leggere ma col tempo scoprirò che quelle sono le lettere del mio nome "Anto". Sono poggiato su di un piccolo cuscino morbido che profuma di latte. Attorno a me tante sbarre che mi circondano, cerco di aggrapparmi ma non ci riesco.

Mi giro un secondo e vedo lui, un orsetto piccolo piccolo, dagli occhi teneri che mi guarda e mi sorride, nelle mani tiene un cuore grande grande, dal colore rosso. Lo prendo, lo abbraccio e arriva lei. Una giovane donna dal suo corpo formoso, dai capelli ondulati castano chiaro che si rispecchiano nei suoi occhi neri. La sua camminata è leggiadra, da vera signora. Il suo passo molto lento, quasi per non disturbarmi.

In punta di piedi si avvicina a me, mi sorride e mi prende in braccio, mi porta con le sue braccia verso il suo petto e sento il suo profumo, sento il suo odore forte e buono come una rosa appena sbocciata. Il suo bellissimo profumo d'amore, mi da sicurezza, protezione. Inizia a parlarmi, con la sua voce mi sussurra nelle mie orecchie quanto mi ami, mi trasmette la sua felicità, la sua gioia nel vedermi, nell'ascoltare il mio respiro ed io le sorrido.

Il mio sorriso è colmo di felicità, sento una strana sensazione che ancora non so spiegare, ma so che mi fa battere il cuore. Amo quando mi spupazza, quando gioca con i miei piedini, quando mi massaggia il pancino e amo il suo essere così dolce nei miei confronti.

Incomincio a guardarmi attorno, vedo una stanza piena di oggetti che attirano la mia attenzione, luci che volteggiano sopra i miei occhi, delle melodie che non conosco ma che mi danno serenità. Mentre lei è li, la vedo fare avanti e indietro velocemente a destra e a sinistra e ad ogni suo passaggio davanti a me, il suo sguardo incrocia il mio, siamo io e lei, una frazione di secondo, tutto nostro, un piccolo spazio in cui risiede la nostra felicità.

Nel frattempo dalla porta della mia stanza vedo un piccolo uomo, dai capelli ricci tutti arruffati con lo sguardo assonnato, con un pigiama tutto coccoloso con delle faccette stampate sul petto che sorridono a chi li guarda. Lo vedo correre verso di me, con le sue braccia afferra le sbarre del mio letto, si spinge con i suoi piedini mentre cerca di baciarmi, lo vedo felice, sorridente. Mi afferra e mi abbraccia, il suo profumo è diverso ma è buonissimo.

Sa di latte anche lui, i miei occhi lo vedono grande ma ancora è solo un bimbo di appena tre anni.

In quell'istante, si avvicina anche lei, e con la sua voce dolce inizia a parlare con lui, indicandomi, facendo dei segni.

Non riesco a capire cosa si dicono, ma saranno parole dolci, dai loro visi leggo un profondo amore che fa battere il mio petto.

Ad un tratto, sento un rumore breve e squillante, è il campanello di casa mia. La giovane donna esce dalla mia stanza, sarà andata ad aprire, dopo pochi attimi ritorna nella mia stanza e non è da sola. Vedo due figure anziane, una di un uomo ed una di una donna. Hanno un viso familiare: lui alto, robusto, dai capelli grigi e un viso buono e morbido.

Lei, invece, bassina, formosa, capelli rossi e il suo viso è di una dolcezza unica e indescrivibile. Sono i genitori della giovane donna, e con le loro parole, i loro gesti riescono in contemporanea a prendersi cura di me, del piccolo uomo e della giovane donna. Dopo appena due passi, eccoli lì, di fronte ai miei occhi. Con le loro mani iniziano a giocare con i miei piedini, ad accarezzarmi.

Si avvicinano sempre di più, ad un tratto mi sento sollevare con attenzione e cura. La donna mi ha preso in braccio e si siede vicino all'uomo, che nel mentre si era seduto nel lettone attaccato al mio letto. Nelle loro braccia iniziano ad accarezzarmi. Mi sento bene tra le loro braccia.

Giro il mio sguardo cercando gli occhi della giovane donna, la vedo parlare con altri due ragazzi, un uomo ed una donna.

Loro la stanno abbracciando, coccolando e le parlano con affetto.

Con le loro mani accarezzano il suo viso e vedo la felicità nei loro occhi. Con i miei occhi vispi e grandi, mi guardo attorno e in un attimo vedo attorno a me tutto quello di cui ho bisogno... i miei nonni che mi tengono in braccio, mia madre felice con i miei zii. E poi c'è lui, quel bimbetto, bello e biondo dai capelli ricci che mi guarda, lui è mio fratello.

Mia madre mi prende in braccio, mi sdraia sul lettone, mi toglie il pigiamino ed inizia a vestirmi. Mi veste con dei bellissimi jeans neri, una camicia bianca e un piccolo gilet dal colore nero con righe rosse, dando un gioco a quadretti, scarpe nere e un tocco di profumo di colonia che sa di bimbo... eccomi pronto, oggi si va a mangiare dai nonni! Un giorno di ordinaria vita familiare, ma che in questo momento mi sa di festa.

Salgo in macchina, mi metto nel mio seggiolone con il mio orsetto dal cuore rosso al mio fianco, sento l'avvio del motore e si parte.

Sento muovermi, tutti in macchina che parlano e che sono felici, si respira un aria allegra e spensierata. Tutti sono felici di essere insieme in quel momento. È la prima volta che lascio la mia stanza, nei miei occhi scorrono un'infinità di colori, incrocio sguardi di tantissime persone che non conosco, le strade, gli alberi, gli uccelli. Inizio a conoscere il mondo esterno, mi sembra tutto confusionario, non riesco a capire bene ma sono sereno, mi sento al sicuro e mi godo il momento, in silenzio, ad osservare.

Dopo qualche tempo la macchina arresta la sua corsa, ed a uno ad uno scendono tutti.
Per un secondo, mi ritrovo solo, e mi perdo; ma la portiera dell'auto si apre e vedo lì il mio nonnino che allunga le sue braccia verso di me e mi prende in braccio e mi rassereno. Aperto il portone, salgo le scale in braccio a nonno, e per la prima volta varco la porta di una casa che non è la mia, ma quella dei miei nonni. Non appena sono dentro, sento un profumo che a casa mia non sento, è il profumo di famiglia. Quella famiglia che a casa mia non riesco a respirare.
Ho quella strana sensazione di non volermene andare più, perchè per la prima volta sto conoscendo l'emozione di chi si vuole bene.
Ci sediamo a tavola, con mio nonno a capo tavola ed io seduto tra mia nonna e mia madre che mi da la mia poppata, tengo con le mani ben strette il mio orsetto dal cuore rosso. Di fronte incrocio lo sguardo di mio fratello seduto tra zio e zia.
Sento tantissimi suoni, tante vibrazioni di spensieratezza, felicità. La tavola è ricca di colori, il rosso della tovaglia, il giallo dei limoni stampati e il bianco dei piatti che sbattendo con le posate, fanno allegria.
Vedo mamma serena, tranquilla. In questo momento è anche lei nel ruolo di figlia tra le mura della propria famiglia, dove si sente protetta, amata e al sicuro da ogni male. Al sicuro da quel presente buio che non le dà la possibilità di essere felice.

I suoi occhi sono tristi, anche quando mi guarda, vedo nei suoi occhi una ragazza stanca, una giovane donna che porta con sè i pesi della vita, che sono più grandi di lei.
Finito il pranzo e giunto il pomeriggio, è arrivato il momento di ritornare a casa, vedo in mia madre una profonda tristezza, gli occhi di quel bimbo dai color oro sono pieni di lacrime. Mia madre mi prende in braccio, nel frattempo i miei nonni si avvicinano mi accarezzano e mi baciano.
Saliti in macchina si respira tristezza, vedo che quel sole che la mattina irradiava il finestrino adesso non c'è più.
Quei mille colori che scorrevano nei miei occhi adesso sono coperti dal buio della sera e in auto si sente un silenzio assordante. Le strade sono buie, le macchine a fari accesi percorrono le vie e molte volte abbagliano la mia vista. Portando con me la tristezza di un giorno che sta per concludersi.
Giunto a casa, ritorno nel mio letto. Il mio odore è ancora lì, tra le mie candite lenzuola mi sento sereno e sto quasi per chiudere gli occhi felice abbracciando il mio orsetto dal cuore rosso, la mia mente mi porta a riflettere sulle cose belle che ho vissuto durante questo giorno, ma ad un tratto la mia serenità viene interrotta bruscamente da urla, grida, rumori assordanti di qualcosa che si rompe provenienti da una stanza adiacente la mia. La paura incomincia a salire, mi sento smarrito, non capisco cosa sta accadendo e non so darmi una spiegazione. Al buio vedo la luce del corridoio che si accende e vedo un'ombra

lunga femminile, è la mia giovane donna che con passo veloce cerca rifugio nella mia stanza. La vedo entrare, ha il viso colpito dalla violenza della vita, gli occhi pieni di lacrime, rossa in viso e nelle mani. Si avvicina nel mio letto e tra le sbarre allunga le sue braccia e mi viene a prendere, mi porta a sè, mi stringe forte più forte che può. In questo momento sento che è lei che ha bisogno di me, ma io non so cosa fare, sono inerte se non di chiedere al mio orsetto dal cuore rosso di proteggere anche lei. Io l'abbraccio, e lascio che mi stringa. Ci mettiamo nel letto grande adiacente al mio, le sue lacrime bagnano il cuore rosso del mio orsetto, con le mie manine accarezzo il suo volto, i nostri sguardi stanchi si incrociano e piano piano i nostri occhi si chiudono. Son sicuro che nei nostri sogni ritroveremo quella felicità che oggi abbiamo vissuto.

UN NUOVO INIZIO
CAPITOLO 2

Un'altra alba sta aprendo le porte ad un nuovo giorno. Apro gli occhi, una luce bellissima illumina il mio viso, è il sole, che entra dalla porta del balcone. Sono disteso in un letto più grande di me, ma non sono solo.

Al mio fianco c'è il bambino dai capelli color oro, quel piccolo bimbo, oggi più cresciuto, che sin da subito mi ha guardato con gli occhi dell'amore.

È stretto a me, le sue mani poggiano sui miei fianchi, il suo calore mi avvolge. Io con il mio capo sulla sua spalla destra, lo abbraccio e con la mano riversa sul letto accarezzo il mio orsetto dal cuore rosso.

Ci svegliamo in contemporanea e con i nostri occhi furbetti decidiamo, senza dir parola, di alzarci e di andare di là, in cucina, perché sentiamo nostra madre canticchiare.

Prendo il mio orsetto dal cuore rosso e insieme a mio fratello corriamo lungo il corridoio, entriamo in cucina e la vediamo lì sorridente, che balla e canta con la sua tazza di caffè in mano.

Non appena ci vede, la sua tenera voce invade i nostri cuori ed insieme iniziamo a danzare, ci divertiamo come dei matti apparentemente senza un motivo, ma il motivo c'è.

Oggi è un giorno speciale, si torna dai nonni e questa volta sarà per sempre.

Non vedevo mia madre così felice da diversi anni, e oggi è tornata ad essere quel profumo di rosa appena sbocciato che sentivo sin dai primi giorni della mia vita quando mi abbracciava e mi stringeva a sè. È arrivato il momento di prepararci, prendiamo i nostri vestiti, i nostri giocattoli e usciamo lasciando la porta, alle nostre spalle, che si chiude da sola. Attraversiamo dall'altra parte del marciapiede, la macchina è già accesa, ci aspetta. Saliamo, salutiamo il mio caro nonno e si parte. Nonno alla guida, mamma seduta sul lato passeggero e dietro io a sinistra, mio fratello a destro e il mio orsetto dal cuore rosso seduto al centro. Giunti all'angolo della strada, mi giro guardandomi indietro, vedo che quel buio, quelle tenebre che invadevano il mio cuore, adesso hanno lasciato posto alla luce, a quella luce che da oggi in poi illuminerà il mio cammino. Giunti a casa dei miei nonni, consapevole che da quel momento in poi sarà casa mia, salgo le scale di corsa, sono ansioso di abbracciare la mia cara nonna. Che ci aspetta lì, pronta a darci il suo amore, il suo affetto. In quel momento per lei, non stavano arrivando sua figlia e i suoi due nipoti, ma stavano arrivando i suoi tre figli. Non faceva alcuna differenza per lei, tutti eravamo i suoi figli. Mi metto in cucina con lei, mi piace imparare da lei l'amore che mette in ogni cosa che fa, anche se è un semplice piatto di pasta. Concluso il pranzo, mi ritrovo in una nuova stanza, a disfare la mia roba.

Lo spazio che mi circonda è enorme, un grande tavolo circolare posizionato al centro, ai lati, dei bellissimi divani, delle specchiere, una grandissima tv poggiata su di un tavolino che a sua volta contiene un mangiadisci bellissimo, un oggetto d'epoca ma che sembra nuovo.

Dentro un armadio trovo dei dischi giganti, allora decido di prenderne un paio e ascoltare la loro melodia. Così prendo il primo, lo metto nel mangiadischi e inizio ad ascoltare. Sono canzoni e musiche che non avevo mai ascoltato prima ma sono bellissime, sono dal sapore antico ma che suscitano emozioni nel mio cuore. Prendo un foglio, una penna ed inizio a disegnare. I miei tratti sul foglio piano piano tracciano il mondo che vorrei, dove governi la serenità, la pace e il rispetto per la vita. Scrivendo vedo riflesso nel tavolo.

Il sole irradia la stanza, tutto sembra illuminato da una nuova luce, quella luce che il cielo sa dare non appena finisce il temporale in una giornata d'inverno. Quella luce che ti da serenità, ti fa respirare la pace e la gioia di vivere.

Giunta la sera, mi ritrovo abbracciato al mio orsetto dal cuore rosso tra le calde lenzuola del mio nuovo letto, la sua morbidezza porta nei miei pensieri la sensazione di perdermi tra il caldo e il tenero pelo del mio orsetto, che mi da pace e serenità. Mi addormento e inizio a sognare.

IL PESO DELLE PAROLE
CAPITOLO 3

Eccolo qui, un nuovo sole sta per nascere. Dagli infissi del balcone della mia camera, una nuova luce sta dando spazio ad un nuovo giorno; io sdraiato e assonnato apro i miei occhi. Vorrei tanto restare tra le coperte del mio letto abbracciato al mio orsetto dal cuore rosso, perchè ho sempre paura d'affrontare un nuovo giorno, ma è l'ora di alzarsi, fare quel che è giusto fare. Mi alzo, col cuore spento, e mi dirigo verso la cucina per salutare mia madre. Entro e la vedo li, seduta vicina al tavolo mentre prende il suo caffè mattutino, ha lo sguardo spento che fissa nel vuoto, le vado dietro le sue spalle e la stringo forte forte a me. Senza aprir bocca le do il mio buongiorno, lei con estrema dolcezza mi accarezza il viso, mi abbraccia e mi sorride. Vorrebbe non farmi pesare le fatiche che ogni giorno deve sopportare per poter andare avanti, e per dare un futuro a me e a mio fratello. Tutti noi sappiamo, quanto sia difficile, ogni giorno riuscire a portare qualcosa in tavola, mantenere i nostri studi e subire le umiliazioni di chi in questo mondo si sente superiore solo perchè ha la possibilità economica che lo porta a comandare. Ci alziamo, ci sistemiamo e andiamo, lei a lavoro ed io a scuola. Dal bus, che mi accompagna tutte le mattine, vedo la strada piena di ragazzi, li vedo felici, spensierati.

Con il solo peso dell'età che portano, una giovane età che non da spazio a pensieri importanti ma solo a pensieri di gioventù che nella maggior parte dei casi sono solo delle stupidità infantili, che non hanno alcun valore. Mi dirigo verso l'entrata, e li vedo lì. Due miei compagni di classe, che mi rendono la vita infernale solo perchè sono in sovrappeso. Eccoli li, i classici insulti che devo sentir dire ogni giorno da due anni a questa parte... "arancino coi piedi" mi urlano, rincarano la dose con "ciccione di merda" "palla di grasso" e non appena mi avvicino sempre di più, dalle parole passano ai gesti. Iniziano ad alzare le mani, a prendermi a calci ed io lì, resto in erme nei miei dolori e nel mio sentirmi inferiore.

Ormai sta diventando un abitudine quotidiana subire tutto questo e riescono sempre a farti sentire sbagliato, mi sento sbagliato, sono sbagliato perchè non sono come gli altri. Mi sento grasso, impacciato, non riesco a dare il meglio di me da nessuna parte perchè ogni cosa che faccio ho lo sguardo fisso addosso, verso i miei difetti fisici che non mi danno la possibilità di volare, di essere una farfalla.

Ma la cosa che mi da rabbia, che mi fa chiudere in me stesso è quella di non essere capito, quante volte ho cercato di reagire. Quante volte ho cercato aiuto nei mie professori, ma loro mi hanno sempre voltato le spalle. Non hanno mai avuto la capacità di guardare dentro di me e di vedermi star male, di vedere quelle ferite.

Saranno dei bravi professori nelle loro materie, a saper insegnare matematica, scienze, inglese...ma umanamente fanno schifo. Un giorno, dopo aver subito vezzeggiamenti e violenze fisiche, reagisco contro i miei aguzzini. Rispondo a calci e pugni, con altrettanti schiaffi e calci. I miei professori di matematica e inglese, vedono la scena, intervengono per dividerci e danno la colpa a me. Mi dicono *"ma non credo che sei geloso perchè loro sono bravi e tu no?"*...e già, questa è la scuola italiana, i professori italiani sono questi, gli basta solo vedere un alunno che abbia nove in tutte le materie per dedurre che sia un esempio anche dal lato umano, mentre se tu hai cinque o sei, vieni visto come il cancro del sistema, come la pecora nera che deve essere eliminata e fatta fuori dall'ovile perchè potrebbe portare gli altri verso una cattiva strada. Per i professori, buoni voti e lato umano sono la stessa cosa, e non capiscono che sia proprio questo il problema. Oggi ci ritroviamo in un paese dove i femminicidi, gli omicidi, le violenze, il bullismo sono all'ordine del giorno, e sicuramente non è per colpa dei soli ragazzi che a scuola prendono quattro o cinque, ma la maggior parte delle colpe sta in quelli che comunemente chiamiamo *figli di papà*, in quei ragazzi che fanno buon viso e cattivo gioco, che dalla vita hanno avuto tutto con estrema facilità e che non si fermano davanti a niente e a nessuno sino a quanto ottengono ciò che vogliono, perchè lo hanno avuto sempre e non possono farne a meno.

Tra me e me dico: "*ho solo 15 anni, merito tutto questo? merito essere trattato come un cancro della società perchè sono diverso dagli altri? Perchè ho un fisico che è deformato dalla vita? perchè ho pensieri che un ragazzo di 15 anni non dovrebbe mai avere?* ... non penso di meritarlo, nessuno lo merita.

Ma io lo sto vivendo. Seduto li, da solo al primo banco, il mio aguzzino seduto alle mie spalle che da seduto tira calci verso la mia sedia per umiliarmi e colpirmi alla schiena come fanno i vigliacchi. Per far vedere agli altri che lui è grande, che lui è bravo e che riesce a sottomettere chiunque non sia giusto per lui. Ogni giorno, prima di uscire dall'aula, mi ritrovo a togliere dalle mie spalle, tantissimo scotch con scritte le peggiori parole. Insulti gratuiti che a loro servono per divertirsi, per sentirsi goliardici ma che a me stanno lasciando ferite nel mio cuore e nella mia testa che non sarà facile rimarginare.

Un altro giorno di scuola è appena terminato e io corro, corro più forte che posso per andare a prendere quel maledetto autobus e tornarmene a casa, a chiudermi sempre di più in me stesso. Appena arrivo a casa, cerco di non far pesare nulla, per il semplice fatto che già bastano i pensieri che ci sono e non posso mettere ancora di più carne al fuoco. Entro e vedo mia madre, più stanca che mai. Anche per lei un altro giorno di lavoro è terminato, un altro giorno di umiliazioni che ha dovuto subire per portare a tavola un povero piatto di pasta, ricco di sacrifici e delusioni che bisogna sopportare in questa vita per poter andare avanti. Subito dopo pranzo, mi chiudo nella mia stanza, mi metto a letto con il mio orsetto rosso, bagnandolo tutto a causa delle mie lacrime. Sono in un mondo crudele, sto pagando conti col destino che non credevo di avere e vorrei solo sprofondare nel buio della notte per non vedere più la luce del mattino. Non ho voglia di studiare, non ho voglia di alzarmi, non voglio vivere e sono sempre più a terra, ma tra me e me dico di non poter permettere agli altri di rovinarmi la vita, di essere assoggettato ai loro pensieri. Io sono io, e la mia famiglia ha bisogno di me, e non posso sprofondare nei problemi. I problemi si devono risolvere, a modo mio, ma si risolvono. Mi alzo, lavo la faccia e vado di la in cucina come se niente fosse accaduto, mi siedo in una sedia adiacente al tavolo e insieme a mia madre, mia nonna e mio fratello guardo un pò di tv. Siamo li, seduti, in piena serenità. Ognuno ha dentro il proprio fardello, ma ci godiamo questi pochi attimi di serenità non pensando a nulla, solo a viverci il momento perchè siamo una famiglia e può accaderci solo un qualcosa di bello se stiamo insieme. Lascio scorrere il pomeriggio, e arrivata la sera mi dirigo nella mia camera, mi metto dentro le coperte e prima di addormentarmi mi metto a pregare, prego che tutta questa sofferenza di questi anni, un domani si trasformi in gioia. Domani vorrei essere un uomo migliore, avere la forza interiore di prendere in mano la mia vita e non permettere a nessuno di farmi ancora del male.

Con questo pensiero oggi e tutte le notti precedenti e future mi addormento, lasciandomi alle spalle le ferite che la luce di ogni nuovo giorno porta nel mio cuore.

IL MALE DELLA VITA

CAPITOLO 4

Apro gli occhi, con il cuore che batte a mille. Non capisco che ora sia, il sole oggi non è sorto. Dalla camera sento grida di dolore, mi alzo e mi dirigo verso il suono. Entro in camera da letto, mia nonna è lì distesa nel letto in piena crisi di dolore. Un male cattivo, la sta mangiando dentro e il suo corpo sta cedendo. Vado di corsa in cucina, le preparo la cura palliativa che i medici ci hanno prescritto, gliela inietto e dopo pochi secondi scende il silenzio. Mia nonna senza aprir bocca, cade in un sonno profondo. I farmaci stanno agendo contro il suo sistema nervoso, inibendo la capacità cognitiva di sentir dolore e non aiuteranno mai a farla guarire da questo maledetto cancro. Mi siedo nel letto, stringendo in una mano le sue mani e nell'altra il mio caro orsetto dal cuore rosso, ai suoi piedi e la vedo riposare.

La guardo e ad ogni sguardo penso a tutte quelle volte che siamo stati felici, a quei giorni trascorsi insieme a lei mentre era intenta a cucinare per tutta la famiglia. A tutte le volte che mi ha preso tra le sue braccia, dandomi tutta la protezione e tutto l'amore che nutriva nel suo cuore per me.

So che nessuno mai potrà tornarmi o farmi rivivere tutto questo, quella singola felicità appartiene ormai al passato e non sarà più presente nella mia vita.

La fisso, sapendo che fra poche ore non la rivedrò mai più, per tutto il resto della mia vita. Nel frattempo una luce leggere inizia ad invadere la stanza, è il nuovo giorno che nasce... ma oggi mentre il mondo va avanti, io starò fermo qui a stringere tra le mani questi ultimi momenti. Per tutta la mattina resto immobile seduto nel letto, a sentire il respiro affannoso della mia cara nonna sino a quando alle ore dodici sento esalare l'ultimo respiro. Mi sento perso, non so cosa fare. Sento che ormai io stia scrivendo l'ultimo capitolo della mia vita, e che in questo mondo infame non ci sia più spazio per me.
Mi riverso sul corpo senza anima di mia nonna, colei che mi ha cresciuto e la stringo forte forte per l'ultima volta, non voglio lasciarla andar via, ho bisogno di lei e del suo sostegno e darei la mia vita in cambio affinchè questo dolore fosse solo un brutto sogno. Vorrei tanto che aprisse gli occhi e che mi cercasse come fa ogni giorno, che avesse il pensiero di cosa prepararmi da mangiare... lo vorrei tanto, lo desidero con tutto il mio cuore. Ma so che non sarà possibile e che una nuova ferita si sia formata nella mia anima. Sono mesi che vivo con questo pensiero, con l'idea che a breve avrei perso la persona più importate della mia vita, colei che in questi anni mi ha cresciuto e che ha dato ogni giorno della sua vita per me.
Ma vedere adesso la realtà dei fatti, è pesante. Mi stralcia il cuore e vorrei solo chiudere gli occhi e non aprirli mai più, così da raggiungerla e stare insieme a lei per l'eternità.

Oggi è un giorno che purtroppo mi aspettavo da mesi, gli ultimi mesi della mia vita sono stati così. Una lotta continua contro una malattia che giorno dopo giorno ti allontanava da me. Mesi trascorsi tra le mura di casa, senza uscire, fuori dagli schemi della società. Non so chi sono, non so cosa sarò, non so che sarà della mia vita. Mi sento smarrito, non ho nulla e quel poco che avevo giorno dopo giorno lo sto perdendo... non sapendo che da li a pochi mesi avrei perso anche mio nonno. Adesso sono qui, di fronte a te, sdraiata nella tua bara di legno. Io con mio sguardo fisso e vuoto, con le mie orecchie sento la confusione di tutta la gente che viene per te nonna.

Tutti i tuoi parenti, coloro che ti amano oggi sono riuniti qui a casa tua. Per renderti omaggio del buono che hai fatto nella tua vita e perdonami se non li sto sopportando. Perdonami se vorrei chiudere quella maledetta porta e stare qui da solo, ai lati del tuo letto di morte.

Finalmente, giunta la sera, siamo soli. Qui io, te e tutti i componenti della nostra famiglia seduti al tuo fianco mentre tu dormi di un sonno eterno. Oggi la notte non scenderà, avrò solo il tempo di chiudere un attimo gli occhi e di vederti felice insieme ai tuoi cari perduti diversi anni prima.

Buon viaggio anima mia, riposa e sono sicuro che un giorno scopriremo che tutta questa tristezza in fondo non è mai esistita.

UNA SECONDA POSSIBILITÀ

CAPITOLO 5

Una nuova luce apre le porte ad un nuovo giorno, è trascorso ormai un anno dalla morte dei miei cari nonni. Per me è stato un anno sabatico, chiuso in una solitudine spirituale alla ricerca del vero me stesso. Questo giorno di metà novembre è un giorno importante, è il giorno di provare a rinascere nuovamente. Tra qualche ora, ripartirà il mio percorso di studi, e sarò pronto a metterci tutto me stesso per cambiare la mia vita e la mia realtà. Mi sento pronto, sono sicuro di me stesso e tutte le ferite che porto dentro mi hanno reso più forte. Ormai il bambino che aveva paura degli altri, dei loro giudizi, che si sentiva sempre sbagliato e che non sapeva reagire non esiste più. Ha lasciato spazio, ad una nuova persona, che in questo mare della vita si cimenta a diventare un uomo. Mi alzo dal letto, vado a sistemarmi e non appena finito mi dirigo verso il mio nuovo zaino. Un piccolo artefatto di tessuto nero in cui metto dentro due penne, un blocco note e il mio caro orsetto dal cuore rosso, che sin dalla mia nascita mi ha sempre aiutato a superare tutti gli ostacoli che ho trovato lungo la strada del percorso della mia vita. Esco, prendo la macchina e mi dirigo li, alla mia prima lezione. Ammetto che ho un pò di paura ad incontrare ragazzi, è dai tempi del liceo che non ho rapporti pubblici con persone della mia età e quelli che ricordo della scuola non sono dei ricordi piacevoli. Non appena entro nella struttura e in aula vedo tanta gente, tanti ragazzi come me che portano con sè i loro sogni. Li guardo uno per uno e vedo nei loro occhi serenità, pace e tanta voglia di mettersi in gioco. Non sono lì per creare problemi ma sono lì per dare un ruolo alla propria vita. Mi siedo lì, in terza fila dell'aula magna dell'università. I banchi non sono separati, ma ogni fila ha una seduta comune per tutti che si sviluppa per tutta l'aula. Lo stesso equivale per i piani d'appoggio, tutti connessi come trame di un unico filo. Durante la lezione, scambio qualche parola con i miei vicini, siamo abbastanza impacciati perchè non conoscendoci non sappiamo come interfacciarsi ma nel mezzo sempre quello più sociale c'è, che riesce a rompere il ghiaccio e a rendere meno distante il primo incontro. Mi sento felice, forse per la prima volta nella mia vita mi sto sentendo per un attimo come gli altri. Sono lì in mezzo al mondo, in mezzo agli altri e non messo in un angolo escluso dal nucleo centrale della vita. Finalmente sto trascorrendo momenti spensierati e che magari porteranno ad un nuovo inizio, e decido che questa mia felicità la voglio condividere con qualcuno, apro lo zaino e vedo sdraiato il mio orsetto dal cuore rossa a pancia in sù, decido di accarezzarlo, di stringere tra il pollice e l'indice il suo cuoricino e sento una bellissima sensazione. Finita la lezione, esco e mi dirigo verso l'auto. Durante il percorso mi rendo conto che queste ore sono volate e che non vedo l'ora che arrivi domani così da poter tornare tra quei banchi e vivere nuovi momenti felici che danno un tocco di serenità alla mia vita. Rientrato a casa, con il cuore a mille e un sorriso a trentadue denti mi dirigo verso mia madre e l'abbraccio, le racconto le mie emozioni e la stringo forte forte a me. Guardo gli occhi di mamma e vedo anche lei serena, oggi è ormai una donna e anche lei ha lasciato alle spalle tutti quei problemi avuti durante la sua vita. Adesso ha una stabilità economica, non dipende più da nessuno ed ha la serenità di avercela fatta. Porta con sè tantissime ferite, ma che l'hanno resa forte e ogni giorno trasmette la sua forza a me e al piccolo bimbo dai capelli ricci, che oggi è diventato un uomo. Quell'uomo che mi sorregge, che mi da forza e amore per rendere i pesi della mia vita delle piume. Giunto il pomeriggio decido di andare in riva al mare, nella bella cartolina di Aci Castello. Un piccolo borgo siciliano, dove tradizione e cultura fanno da voce alla Sicilia di un tempo, dove il mare limpido brilla per tutto l'anno con il suo fantastico odore che ti avvolge e che ti stringe come una mamma stringe il suo piccolo per dargli tutta la protezione e l'amore che ha nel cuore. Mi metto lì, in riva al mare, ad ascoltare il rumore delle onde che sbattono sugli scogli. Chiudo un attimo gli occhi, e vedo una bellissima luce. Quel buio che mi sono portato sempre dentro, oggi sta lasciando spazio ad una nuova luce. Come quando, dopo una giornata di temporale, si può ammirare l'arcobaleno.

Quell'incastro di colori che fanno dimenticare il brutto tempo passato, lasciando spazio alla quiete del presente. Nella speranza di un futuro migliore. Riapro gli occhi e vedo sulla mia destra un bambino correre lungo la riva del mare con il suo aquilone blu, corre felice, la sua risata entra nella mia testa, è una bella voce. Una melodia che mi fa star bene. Mi distraggo un attimo perchè vedo un gabbiano volare sopra la mia testa con le sue ali grandi bianche e non appena ridirigo lo sguardo verso il bimbo, non lo vedo più. Come se fosse scomparso o se non fosse mai esistito, guardo il mare e sorrido. Giunta la sera, nel mio letto, col cuore ricco di gioia chiudo gli occhi, Rivedo quell'immagine di quel bambino che corre felice, che mi guarda e che mi sorride.

UN NUOVO BACIO
CAPITOLO 6

Apro gli occhi, dirigo lo sguardo e le mie mani verso il comodino per prendere il telefono. Guardo l'orario e vedo che sono le ore 6:30... è tempo di prepararsi perchè oggi vedrò una ragazza che da giorni sento per telefono. Da poco laureato, un giorno incontrai questa ragazza con cui scambia qualche chiacchiera. Trovandoci bene entrambi, decidemmo di scambiarci i numeri e ogni giorno comunichiamo con delle lettere digitali, cercando di conoscerci nella nostra quotidianità e di scovare dentro i nostri pensieri e sentimenti. Oggi finalmente la rincontrerò per la seconda volta, perchè insieme siamo stati scelti a curare una mostra itineraria che andrà a convogliare tutta la città di Catania. Mi preparo con tanta frenesia, e con il cuore alla gola. Le mani tremano e ho il respiro affannoso.

Mi calmo e gli mando un piccolo messaggio per augurargli il buongiorno, attendo la sua risposta che arriva dopo pochi secondi e mi dirigo verso il luogo dell'appuntamento. Giunto nei pressi di un piccolo bar di città, posteggio e gli mando un messaggio avvisandola di esser già arrivato e che la sto aspettando. Lei mi risponde, di essere sul bus e che tra cinque minuti ci vedremo. In questi minuti, non so che fare, cosa pensare e cerco parole nei libri della mia memoria per essere perfetto nel momento in cui ci scambieremo le prime parole dopo tanti messaggi d'affetto di questi giorni. Scendo dall'auto e da lontano vedo arrivare il bus, col suo colore bianco a strisce blu arresta la sua corsa proprio dinnanzi a me. Vedo scendere parecchie persone e per ultima vedo lei, una giovane donna dai capelli lisci mori. Con i suoi occhi la vedo cercarmi e non appena mi vede, i suoi occhi brillano di gioia e subito capisco che la mia vita sta nelle fossette del suo sorriso. Quelle fossette che fa un attimo prima di sorridere. Ecco si, è il luogo in cui mi piacerebbe abitare in questo momento. La vedo avvicinare verso di me, in testa ha un cappellino di lana dal colore rosa che le avvolge il capo, abbinato ad una sciarpa che con il suo calore le copre il collo. Un giubbotto bianco che aggrazia le sue forme ed un paio di jeans neri che poggiano su delle scarpe ballerine che accompagnano la sua camminata. Eccola qui, davanti a me. Non ci sono parole, mi accoglie fra le sue braccia in un abbraccio che sa di casa, in un nuovo abbraccio che mi sa di conosciuto, come se in qualche vita precedente da qualche parte del mondo io l'abbia già conosciuto. Un abbraccio che sa più di mille parole, ma che avvicina i nostri cuori che battono all'unisono. Andiamo in un bar, lei prende il suo panzerotto al cioccolato, io il mio involtino con crema e ci sediamo al tavolo. Uno di fronte all'altro e per la prima volta siamo soli a parlare faccia a faccia senza che ci sia un telefono che faccia da filtro alle nostre emozioni o sensazioni.

Passiamo dei bellissimi momenti felici e spensierati; ed ogni tanto sbircio dalla fossetta del suo sorriso e cerco di capire che cosa si nasconde in quell'incavo sottile e penso che non sia solo bellezza, ma credo che sia una magia realizzata da un tocco di un angelo. Quello che distingue la giovane donna dalle altre è il suo essere dolce e tenera, i suoi occhi mi guardano dentro cercando prima di conoscere la mia anima e dopo tutto il resto. Io cerco di guardarla, la scruto, la osservo perchè ho il desiderio di collezionare delle immagini mentali dei suoi occhi, dei suoi capelli, delle fossette, del nasino piccolino, delle pieghe delle labbra così da averne ricordo quando ci saranno attimi in cui non staremo insieme ma nuovamente separati da dei testi scritti su di un portalettere elettronico. Mi prometto di cullare il suo ricordo con la stessa cura che si riserva ad una rosa delicata. Finita la colazione, andiamo in sala mostra e il tempo sta volando, sta scorrendo nelle nostre mani, finito il meeting è arrivato il momento di separarci.

In stazione il freddo delle prime giornate invernali inizia a battere forte nell'attesa che arrivi il bus, decido di stringerla forte, per riscaldarla con il mio corpo e darle il calore del mio cuore.

Con le dita sfioro il suo viso, poi mi fermo un attimo per giocare con i suoi capelli che nel vento volano e decidiamo insieme occhi negli occhi di scoprire un bacio nuovo che sapore ha. Questo bacio che sa di ciliegia, una tira l'altra.

I nostri baci diventano come il sole, con il loro calore allontanano il freddo e scherzando gli dico che se pensa che baciandola gli stia facendo un torto, se pensa che sia una violenza, di punirmi con la stessa violenza e di darmi un altro bel bacio, ancora, ancora e ancora. Per me un bacio è come una carezza, se la dai veloce non senti niente, se lo dai forte diventi prepotente ma se lo dai dolce, lento e morbido allora significa che la ami davvero... ed io sento di amarla davvero e che da oggi in poi lei sarà il mio presente e futuro. Arriva il momento di lasciarci, il bus si ferma alle nostre spalle. Lei sale e la vedo allontanarsi con il cuore che batte a mille nell'attesa di un nuovo incontro. Si è già fatto pomeriggio, rientro a casa e mi fermo un attimo a rivedere dentro i miei pensieri la bellissima giornata che ho trascorso con quel bellissimo bacio tra le righe di un profondo silenzio, che contempla i suoi occhi bellissimi ricordando il sapore delle sue labbra e la dolcezza del suo sorriso. Continuiamo a scriverci, io gli dico quanto ormai negli occhi miei ormai c'è lei e chissà che con lo stesso sguardo vede me nei suoi occhi. Adesso i nostri cuori sono vicini anche se siamo a chilometri di distanza, e più provo a non pensarla, mi ritrovo a pensarla sempre di più provando un'emozione che fa uscire il cuore dal mio petto. Lei nei suoi messaggi mi dice che prima di me, c'è stato un altro che ha lasciato le ferite dentro sè ed io le chiedo di non avere paura, ci sarò io a difenderla e con il tempo guarirò il suo cuore cancellando i lividi che porta con sè e se lo vorrà il mio cuore le farà da cuscino per tutta la vita. Scende la sera, e la immagino qui con me che mi stringe forte, che si addormenta abbracciandosi a me e che un giorno mi sveglierà con un bacio ed un caffè, giocando qui nel letto con me.

UN PICCOLO MONDO CHE SI CHIAMA CASA
CAPITOLO 7

Una nuova alba, sancisce l'inizio di un nuovo giorno. Oggi è un giorno speciale, finalmente in quel di Catania di fronte alla figura di un notaio acquisterò e firmerò in atto la mia prima casa. Dai giorni dell'università ad oggi ne è passata di acqua sotto i ponti, quante sconfitte, quanti lavori cambiati ma anche quante vittorie, e soprattutto tante soddisfazioni.
Dopo una prima laurea e una seconda specializzante, il mio entrare nel mondo del lavoro è stato rapido e continuo.
Con tanti sacrifici e privazioni, ho messo da parte il capitale di cui avevo bisogno ed eccomi qui a costruire il mio futuro mattone per mattone. Mi alzo repentinamente dal mio letto, mi sistemo e vado a prendere la mia ragazza, sono sicuro che oggi le sue fossette saranno ancora più marcate dalla gioia e dalla felicità di costruire insieme il nostro futuro.
Mi metto i macchina e do vita al viaggio dei miei sogni, durante il tragitto che mi porta da lei penso a quanto sarà bello avere una casa tutta per noi.
Quella piccola casa da novanta metri quadri immersa nel verde, posta al secondo piano di una struttura moderna e tecnologica. La disegno nella mia mente, un entrata con salotto moderno e disimpegno dove fa da padrone la luce dei faretti incassati nel cartongesso, un piccolo corridoio che fa da collante a tutte le

stanze, ogni trama una stanza... bagno, doppio servizio, cucina, stanzetta e camera da letto. Ogni area è piccola e confortevole, illuminata in tutti i suoi lati dai raggi luminosi che il sole ogni giorno ci dona, dando vita ad un nuovo inizio. Preso il mio amore, ci dirigiamo all'appuntamento dal notaio, ci sediamo e in poche ore stringiamo tra le nostre mani, le chiavi che aprono le porte ai nostri sogni.

A farci compagnia, c'è la figura di mio fratello. Quel piccolo bimbo dai ricci d'oro, che oggi si è fatto uomo e che mi accompagna dandomi sempre il suo supporto e la sua forza. Ogni sua vittoria è anche la mia e viceversa. E quando arriva la sconfitta non è solo uno a perdere ma siamo in due, così da dividerci il peso della delusione e del dolore in modo da essere più forti nel superarlo e trasformarlo in insegnamento futuro, avendo la certezza che domani si trasformerà in una nuova vittoria.

Firmato tutto e sancito l'acquisto decidiamo di trascorrere il pomeriggio nella nuova casa insieme alle famiglie, scambiandoci gli auguri e brindando insieme a questo nuovo inizio e a questa vittoria.

Il mio sguardo e il mio pensiero durante tutto il tempo va diretto alla persone che amo più di ogni altra cosa al mondo, quella giovane donna che con tempo e con le ferite della vita, oggi è diventato il punto cardine e di riferimento di tutta la mia famiglia... mia madre.

La guardo e la vedo felice, lei ha sempre sognato le nostre vittorie e oggi aver realizzato uno dei miei tanti sogni per me è un modo per ringraziarla, per farne dedica al suo cuore. Che merita di scoppiar di gioia e di felicità, dopo tanti anni in cui nella sua vita ha dominato il buio della notte adesso è giunto il tempo che lasci spazio alla luce calda e lucente della vita. La prendo e la stringo forte a me, me la stringo più forte che posso, ringraziandola per tutto il bene e per tutti i sacrifici che mi ha dato e che ha fatto in tutta la sua vita e se oggi sono riuscito ad ottenere tutto ciò è merito solamente suo e della sua bontà. I suoi occhi lucidi, e la sua gioia vale più di mille parole. *Grazie Mamma!*

UN PICCOLO EROE
CAPITOLO 8

Entro in aula, vedo in un angolino il mio piccolo eroe perso nel suo mondo. Per attirare la sua attenzione faccio rumore con il pulsante della luce, lui si volta, mi guarda e inizia a sorridere; si avvicina a me, allunga il suo braccio alla ricerca della mia mano, l'afferra e mi porta con lui... un nuovo giorno di scuola è appena iniziato e per quest'anno sarà l'ultimo. Ebbene si, sono diventato un docente, proprio io che ho sempre odiato il contesto scolastico, coloro che ci lavoravano e che facevano proprio il sistema. Ho deciso di intraprendere questa strada per provare a metterci del mio per portare ad un cambiamento strutturale della scuola italiana, so per certo che una noce in un sacco non fa rumore.

Ma voglio metterci tutto me stesso, per non avere rimorsi, e un giorno potrò dire di averci provato. Vorrei che la scuola sia inclusione, dove non ci sia il migliore o il peggiore, dove non ci siamo distinzione fra razze, o distinzione sociale e fisica. Vorrei far parte di una nuova classe docenti in cui mettono al centro l'alunno e non loro, per manie di protagonismo.

Il mio obiettivo è quello di star vicino ai ragazzi e di cercare in tutti i modi di fargli capire che la cultura che apprendono oggi è la semina, per poi un giorno raccogliere i frutti che li aiuteranno a vivere bene nel mondo che verrà.

Il mio ruolo nella scuola moderna è quello di fare da tramite, da traghettatore di conoscenza e sapere affinchè nella società ci siano uomini e donne guidati dalla coscienza e conoscenza e non da istinti animali violenti. Quest'anno, essendo ancora un docente *"giovane"*, mi sono ritrovato ad insegnare in un piccolo paese lontano qualche chilometro da casa mia, ma sono felice perchè con il mio ruolo di docente di sostegno ho avuto modo di conoscere un piccolo eroe. Quel piccolo eroe che ho qui davanti ai miei occhi, e che mi stringe forte la mano mentre passeggiamo lungo i corridoi della scuola, sono ormai mesi che facciamo lunghissime passeggiate che durano anche ore e nonostante non abbiamo una comunicazione verbale, con il cuore ci diamo tanto. Lui con il suo corpo esile, quasi da far vedere le ossa, con i suoi occhiali tondi blu che gli riempiono il viso, la sua vocalità non definita che ama tantissimo i rumori mi ha dato e mi sta dando tantissimo dal lato umano. Ricordo ancora il primo giorno che ci conoscemmo, era da solo nel suo mondo, diffidente nel rapportarsi con gli altri, quasi schivo. Adesso invece mi ritrovo io ad essere stato accolto, sembra assurdo ma non sono stato io ad accogliere lui, ma lui ad accogliere me, a farmi conoscere la sua realtà. Mi ha fatto vedere come funziona il suo mondo, e cosa è più simile o diverso al mio. Purtroppo oggi le nostre strade si divideranno, perchè come ogni anno vengo assegnato a realtà sempre diverse, ma sono sicuro che resterà nel mio cuore per sempre.

Per tutto il resto della mia vita e mi godo ogni attimo vissuto insieme, anche questi ultimi minuti che ci divideranno per sempre. Siamo nel cortile dell' istituto, ogni giorno prima che la madre lo viene a prendere, passeggiamo attorno al perimetro mano nella mano. Ama ascoltare il rumore delle foglie che si muovono col vento, vedere gli altri ragazzi che giocano a calcio nel campetto scolastico, lasciarsi baciare dalla luce del sole e ogni tanto mi cerca col il suo sguardo da vero furbetto, mi sorride e siamo felici entrambi.

Purtroppo oggi è giunto il momento, si aprono i cancelli della scuola, sua mamma entra con l'auto, la saluto e lo lascio nelle suo mani ma non prima di aver salutato il mio piccolo eroe. Vedo la macchina uscire e percorrere la via centrale, man mano che si allontana, vedo la macchina sempre più piccola sino a scomparire...in bocca al lupo, mio caro amico.

Grazie a te ho conosciuto una parte di me che non conoscevo, con il tuo modo di essere mi hai reso migliore e mi hai dato un amore così grande che porterò per sempre con me.

UN CUORE PER DUE
CAPITOLO 9

Eccomi qui, davanti a questa fantastica chiesa ornata di fiori bianchi per tutta la navata. All'esterno un lunghissimo tappeto rosso che fa da passaggio tra la strada e l'entrata, con ai lati dei bellissimi vasi trasparenti rotondi con dentro delle orchidee bianche sorretti da piedistalli in ottone bianco. Io qui, in quest'abito nero misto tra la pura lana vergine e poliestere, con fodera viscosa. Manica lunga con gilet lavorato con giochi armoniosi di trame e filamenti di seta, camicia nera con colletto reverse, tasche cucite lateralmente lungo i pantaloni ed una bellissima scarpa nero lucida da grande occasione... è già, è una grande occasione, lei finalmente ha detto si e sono qui in attesa del suo arrivo per prometterci amore eterno di fronte agli occhi di Dio.
Durante l'attesa tutti che mi vengono a salutare, parenti amici, conoscenti. Con i loro sorrisi trasmettono gioia e serenità in un momento di così tanta tensione, sto fremendo. Non vedo l'ora di vederla. Da lontano vedo una bellissima carrozza bianca, molto delicata, in stile anni venti come erano solite usare le vera principessa. Percorre la via principale, alberata di maestosi alberi verdi dal loro profumo fresco e genuino. Ogni galoppata l'avvicina a me, la carrozza via via sembra essere sempre più grande.

Il tragitto è molto lungo, ma qualche altro passo ancora e i cavalli arresteranno le loro galoppate. Giunti a pochi passi da me, la carrozza si ferma; scende il cocchiere, che si dirige verso la portiera sulla sua sinistra, apre e intravedo lei. Nel suo splendido abito bianco, maestosamente grande che avvolge il suo corpo esile da giovane donna. L'uomo, da vero uomo di classe, allunga la sua mano verso di lei, la sorregge e la invita a scendere... ed eccola qui. Davanti ai miei occhi, un fiore bianco dal profumo di una rosa in mezzo ad un campo verde di fiori primaverili. Nei capelli, le si avvolge una corona fiorata bianca, dalla cui estremità posteriore scende un velo che copre le sue spalle morbide e sinuose, adagiandosi sul suo collo va a percorrere tutto il suo corpo per poi fermarsi a terra con un lunghissima coda trasparente, che non segue i suoi movimenti in modo diretto ma ha bisogno dell'ausilio delle sue damigelle per accompagnare la sua camminata. L'abito bianco a balconcino la copre dal suo seno sino ai suoi piedi, con trame ricche di fiori che coprono parti delle trasparenze. Dalla vita in giù, una bellissima campana scende lungo le sue gambe molto larga e lunga come un vero abito da principessa , come da tradizione. La sua figura è poesia per i miei occhi, è uno splendore in questo giorno bellissimo. Gli vado incontro, le sorreggo le mani, la saluto e lei mi mette il fiore all'occhiello della mia giacca. Il fotografo mi invita ad entrare ed ad aspettarla all'altare.

Entro accompagnato da mia madre, e arrivo all'altare. Parte la dolce melodia dell'organo della chiesa parrocchiale, i musicisti con i loro strumenti lo accompagnano, e la vedo entrare. Con il suo passo lento ed elegante, accompagnata dal padre, pian piano si avvicina verso di me. Non mi sembra vero, è un sogno che si sta avverando. Finalmente siamo qui, davanti gli occhi di Cristo, il prete inizia la sua omelia e diamo vita alla nostra cerimonia di matrimonio. Ci scambiamo dei teneri sguardi, dei sorrisi lucenti che fanno brillare i nostri visi, con il cuore a mille ci dichiariamo marito e moglie. I testimoni firmano, il prete ci da la sua benedizione e via con le foto e l'uscita dalla chiesa con il rito del lancio del riso. Insieme in macchina, in una bellissima Lincoln cabrio quattro porte bianca ci dirigiamo in quel di Ortigia per scattare le nostre foto nuziali, per poi dirigerci al ricevimento. Dove passeremo le prime ore da marito e moglie, in compagnia di amici e parenti in assoluta serenità e felicità. Una piccola cerimonia intima che dopo il rito lascia spazio ai festeggiamenti: aperitivo e pranzo placè nell'orto botanico di un castello nell'entroterra siciliano, che è Siracusa. Dove dei carissimi amici nostri iniziano a suonare le nostre canzoni, prima tra tutte una canzone dal titolo "un pensiero speciale" di un noto cantante italiano. Le nostre emozioni sono tantissime, non abbiamo parole. Ma ci basta sorridere per capirci, tramite il nostro sorriso esprimiamo chi siamo e cosa stiamo vivendo in questo momento.

La magia di questo matrimonio così atteso e desiderato, che finalmente riempie i nostri cuori. Trascorso l'intero pomeriggio a festeggiare a goderci la giornata, prima che giunga la sera. Decido di fare un ballo con mia madre, come quando ero bambino e danzavo con lei nei suoi momenti sereni. Prendo le sue mani, le stringo forte a me e muoviamo dei semplici passi ondulatori, ad occhi chiusi con i nostri cuori aperti all'amore. Ci scambiamo un momento di assoluta tenerezza e dolcezza, prima di lasciare spazio al tempo dei saluti. Il giorno si sta facendo sera, ed è arrivato il momento di goderci la nostra amata casa e il nostro amore quotidiano. Il domani sarà un giorno bellissimo, che inizierà con il nostro viaggio di nozze.

LA VITA IN UN PIANTO
CAPITOLO 10

Un rumore sordo, proveniente dalla cucina mi sveglia in piena notte. Mi alzo di scatto, sono appena le tre di notte. Mi dirigo immediatamente e vedo mia moglie distesa a terra, poggiata su di una distesa di acqua. Le dico cosa succede, e mi risponde che è arrivato il momento.
Quel momento che aspettiamo da nove mesi e che tante volte non ci ha fatto dormire la notte perchè avevamo paura di non saperlo affrontare, essendo la prima volta nonostante i corsi pre-parto seguiti sono sempre frazioni di secondo che ti spiazzano e che non è facile farsi trovare pronti. Adesso che ci penso un attimo mi ricordo che la notte precedente mia moglie non riusciva a chiudere occhio, il suo corpo iniziava a protarsi e le contrazioni non si regolarizzavano abbastanza velocemente.
Mi faccio coraggio, aiuto mia moglie ad alzarsi da terra, piano piano e con molta calma, invitandola a fare dei lunghi e profondi respiri ci dirigiamo verso la porta di casa.
La lascio un secondo sull'uscio di casa, corro in camera da letto e prendo la borsa che avevamo preparato da portare in clinica con noi. Scendiamo sotto in garage, prendo la macchina e la faccio distendere nei sedili posteriori così da renderle meno traumatico il tragitto.

Partiamo verso la clinica, mi metto a chiamare il nostro medico così da farsi trovare pronto al parto e nel frattempo faccio un giro di chiamate alle famiglie per comunicargli che oggi il nuovo giorno nascerà in anticipo. Nel frattempo mia moglie dietro inizia a piangere come una fontana, si sente stanca e stressata e le contrazioni non le danno un attimo di tregua. Io con una mano al volante e con l'altra verso il suo pancino cerco di consolarla e di tranquillizzarla dicendogli che stiamo per arrivare. Fortunatamente la strada da fare non è tantissima, nel giro di pochi minuti arriviamo e trovo già le barelle con gli infermieri che mi attendono all'entrata, a loro volta erano stati chiamati dal medico che ci sta seguendo. Insieme a loro, con mia moglie distesa nel lettino, ci dirigiamo verso lo studio del medico che la visita e dopo aver riscontrato una dilatazione di due centimetri, si volta verso di me e mi dice che la terrà con lui per prepararla al parto. Preparate le carte per il ricovero, saliamo in reparto. Le infermiere ci accompagnano nella stanza, letto quattordici...quel quattordici di un mese autunnale che ci ha fatto incontrare e che ci ha fatto innamorare. Nel frattempo che mia moglie si mette la camicia da notte io scendo velocemente in macchina a prendere la borsa e lì nel parcheggio incontro le nostre famiglie felici ma allo stesso tempo in tensione per questo giorno felice. Risalgo immediatamente su e mi dicono che dobbiamo riscendere per il monitoraggio.

Nel frattempo una nuova luce da vita ad un nuovo giorno, i raggi del sole ci baciano dalle immense vetrate dell'edificio. Trascorsa qualche ora ci rimandano su perchè il travaglio vero e proprio non è ancora iniziato e saremmo dovuti riscendere subito dopo pranzo. Risaliamo e la stanza che ci hanno assegnato fortunatamente è singola, mia moglie è in preda ai dolori e non riesce a buttar giù nemmeno un boccone. L'unica cosa che le da conforto è stare sdraiata con me che con un panno caldo la massaggio sulla zona lombare. Alle quindici l'ostetrica sale e fa il giro delle camere a chiamare le mamme in attesa del monitoraggio ma la mia piccola grande donna ha le contrazioni talmente forti che viene portata direttamente in sala parto. Nel frattempo i dolori si sono intensificati, la dilatazione è arrivata a cinque centimetri, non riesce a stare più sdraiata, cerca di camminare, di dondolare il bacino, e ad ogni contrazione si appoggia a me, che sono pronto lì a dargli tutto il mio sostegno. Le dico di esser forte e di pensare che sta soffrendo perchè i nostri piccoli presto saranno tre le sue braccia, sono due gemelli. Un maschietto ed una femminuccia, i frutti del nostro amore. L'aiuto con la respirazione e lei mi dice di essere un uomo speciale e che mai, come oggi, mi abbia amato così tanto. Sono ormai le diciassette, la vedo stremata. Chiamo l'ostetrica, la visita, e mi dice che la situazione ancora non è delle migliori e decide di attaccare una flebo di ossitocina, sarebbe ripassata nuovamente tra un ora per effettuare una terza visita. Pochi minuti e le contrazioni diventano subito più potenti e più ravvicinate. Le stringo la mano e gli accarezzo il volto mentre lei continua a guardare l'orologio nella speranza che quest'ora passi presto. Giunta l'ora si avvicina l'ostetrica, la visita e la dilatazione è a soli sei centimetri, ci cade il mondo addosso perchè con così tanto dolore ci aspettavamo che fosse almeno nove o dieci centimetri di dilatazione. L'ostetrica chiama il ginecologo, la visita e alla prima contrazione, dilata manualmente e dice di prepararci perchè tra mezz'ora i nostri piccoli verranno al mondo. Io non sto più sulla pelle, sono nove mesi che aspettiamo questo momento, di vedere il volto dei nostri amori e non vogliamo aspettare ancora molto. L'ostetrica fa mettere a quattro zampe mia moglie, per far scendere bene la testa, fortunatamente comincia a spingere subito bene, assecondando al massimo le contrazioni. Tre spinte e la fa girare, nel frattempo tutti li attorno cominciavano a prepararsi per dare alla luce i nostri piccoli, preparano anche me con un camice verde che mi copre tutto il corpo, cuffia, guanti e mascherina. Mi metto alle spalle della mia donna, e con le mani cerco di sorreggere la sua testa.

Ammetto che non riesco a fare a meno di guardare la testa del maschietto che pian piano sta per uscire, ero emozionatissimo. Il mio cuore in quel momento era ricco di amore, ammirazione per mia moglie e forte desiderio di conoscere finalmente i nostri figli.

Vedo la testa, e poi tutto il corpicino sgusciare fuori e subito dopo un pianto fortissimo... sono le 20.15 e mia moglie ha dato alla luce nostro figlio. Quello che si prova è un turbinio di emozioni, non riesco a descrivere le emozioni a parole, ma so solo che in questo momento sto piangendo. Ma non è ancora finita, un'altra piccola testolina ci sta raggiungendo, eccola qui vedo anche lei sgusciare fuori e alle 20.20 eccoli qui, finalmente eccoli qui i nostri piccoli, poggiati sul petto in lacrime di mia moglie, con me che con due mani non so a chi accarezzare e dalla gioia non ho parole.

LA VIGILIA DI NATALE
CAPITOLO 11

Oggi ventiquattro dicembre, è la vigilia di Natale. Come ogni anno in tutte le case si è già pronti con l'albero pieno di addobbi, luci colorate, festoni ovunque. La gente, giunta la sera è solita scambiare gli auguri davanti al focolare, in attesa del grande cenone di Natale, che come sempre si usa trascorrerlo in famiglia e festeggiarlo con i parenti più vicini ai nostri cuori. Parecchi giorni prima, di questo magico giorno, si respirare un'atmosfera piena di serenità e amore.

Non appena entra il mese di Dicembre, si è già in ottica natalizia, per le strade, nei negozi, nelle case e tutte le persone sembrano in pace con se stessi e con gli altri. Mi alzo piano piano per non svegliare mia moglie e i nostri bambini che ancora dormono di là, nella propria cameretta, mi preparo e esco per andare a comprare le ultime cose per la cena di questa sera.

Per le strade fa un gran freddo e dalle nuvole scendono grandi fiocchi di neve. Nelle vie ci sono tante persone che vanno avanti e dietro nei vari negozi, tutti col sorriso nei loro visi e pronti a viversi una notte ricca di magia.

Cerco di fare tutto velocemente, così prima di rientrare passo dal bar di fiducia e compro una colazione calda calda dal profumo di zucchero a velo e cannella che fa tornare bambini.

Rientro a casa e trovo mia moglie appena sveglia in cucina, poggio la colazione sul tavolo, le do un bel bacio pieno di amore e andiamo a chiamare i nostri piccoli che sono immersi tra le calde coperte di pile del loro letto. Piano piano li svegliamo, e devo ammettere che sono dei bei ruffiani, gli piacciono le coccole e fanno di tutto per averne sempre di più. Ci sediamo in cucina e iniziamo la nostra colazione, io il mio solito involtino con crema bianca che porto sempre nel mio cuore, mia moglie un panzerotto con crema al cioccolato, mentre per i nostri piccoli due bellissimi muffin con praline ci cioccolato che gli piacciono tanto. Finita la colazione, ci alziamo e nel mentre che mia moglie inizia a dare una sistemata in casa io decido insieme ai piccoli di metterci nel salotto e di giocare un pò con loro, con la tv sui cartoni sempre accesa. Trascorsa un oretta spensierata decidiamo di metterci in cucina insieme alla mamma così da darle una mano per i preparativi di questa sera, passati in cucina vedo mia moglie già pronta con addosso un grembiule a forma di Babbo Natale, e penso che sia uno splendore. Che sia bellissima e le sorrido con tutta la felicità che ho in corpo. Iniziamo a preparare, è un bel momento perchè siamo tutti indaffarati nei preparativi, perchè questa sera avremo ospiti; i nonni, gli zii, i cuginetti e vogliamo fare bella figura. Realizziamo un menù ricco di tanti antipasti con pasta per pizze, sfoglia e tramezzini di pancarrè. Prepariamo, come da tradizione, le scacciate.

Fatte in tanti gusti: tuma, olive e formaggio, una seconda con cavolo, pomodoro, carne e formaggio, e per finire una terza con cavolfiori, prosciutto e formaggio. Concludiamo il menù con due bellissimi dolci ricchi di panna, due torte, una con crema pasticcera un'altra con crema al cioccolato. Decorate in tema natalizio, con i colori del Natale. Completato il tutto ci sistemiamo in attesa dell'arrivo delle nostre famiglie. All'improvviso suona il campanello, la piccola esclama: *"evviva sono arrivati, e con loro anche i miei regali!!!!"*.

Tutti infreddoliti, sull'uscio della porta ci scambiamo gli auguri e abbracci.

Ci siamo tutti, i genitori di entrambi, mio fratello con sua moglie, gli zii, le sorelle di mia moglie e i cuginetti. Finalmente siamo pronti a dare inizio a questa bellissima sera. Dopo circa un'ora passata divertendoci con giochi di carte, tombola e tanti scherzi, arriva l'ora di cena.

Ci riuniamo tutti in tavola. La tovaglia bianca dai bordi d'oro. Ogni invitato ha il suo sottopiatto tondo con sopra il tris di piatti bianchi dalla misura più piccola a quella più grande. Le posate d'argento e i bicchieri di cristallo. Tutto sistemato, al proprio posto... come mia moglie desiderava. Trascorsa la cena, tutti insieme ci mettiamo in salone, accendiamo il nostro piccolo camino al bioetanolo e seduti nel divano, ad uno ad uno ascoltiamo le poesie che hanno preparato i piccoli. Finito l'ultimo, il più piccolo di tutti, mio nipote, figlio di mio fratello.

Copiando i cuginetti, dondolando su se stesso e recitando in una lingua poco comprensibile, applaudiamo e gridiamo in coro *"Braviii"*. Dopo poco riprendiamo a giocare, tutti ci divertiamo, ma più di tutti, mio fratello che vince sempre a tombola e a monopoli. Mentre dall'altro lato della stanza, i piccoli giocavano con i lego, finché le nonne distribuiscono della cioccolata a tutti. Tutti i presenti attendevano la mezzanotte per assistere alla nascita del bambino Gesù e per poterlo finalmente mettere nel presepe ma l'attesa era anche per scartare i regali, specialmente per i più piccoli. In un attimo di distrazione, vado di corsa in camera da letto e mi vesto da Babbo Natale. Metto questo abito gigante, pieno di imbottitura sulla pancia. Indosso la barba lunga bianca, il cappellino con il ciuffetto che scende dietro il mio capo, e prendo il sacco con i regali che avevamo nascosto sopra l'armadio. Coperto da mia moglie esco, aspetto cinque minuti e suono il campanello.
Da dietro la porta sento i bambini esclamare *"Babbo Natale! è Babbo Natale!"*.
Si apre la porta e li vedo tutti e tre che mi fissano, e che mi guardano con gli occhi lucidi dell'amore. Un pò impauriti ma allo stesso tempo felici mi vengono incontro e si aggrappano alla pancia. Tutti ansiosi di ricevere i propri regali. Con le ginocchia mi poggio a terra, prendo il sacco che ho nelle spalle, lo posiziono davanti a me e esco i loro regali. Sono enormi, grandissimi, più alti delle loro altezze.

Li do ad ognuno, e in preda alla felicità e all'ansia, scartano i loro regali. Ad ognuno il suo, alla mia piccola, la cucina in miniatura così può simulare le movenze della mamma, mentre al fratellino e al cuginetto due bellissime macchine in cui possono entrarci dentro e girare per casa.

Mia moglie insieme alle nostre famiglie, scatta delle foto e video con il telefono, così da immortalare questi momenti unici che resteranno per sempre nei nostri cuori. Giunti al culmine della felicità, sentiamo le campane suonare, è scoccata la mezzanotte. Il giorno di Natale è appena iniziato, che sia l'auspicio di tantissimi altri giorni come questo, passato in armonia, felicità e amore.

CONCLUSIONE

Camminando una sera d'estate, ho sentito una voce di là. Sono sola, diceva, più sola di te. Te ne prego vieni da me. L'ho guardata, ma c'era del buio, mi sembrava più bella che mai, il cuore batteva, la mano tremava, avevo paura. Quella notte ho provato le cose che mai più vivrò.

Tutto inizia, in una solita giornata, come tutte le sere rientro da lavoro, ma oggi si è fatto particolarmente tardi per via di alcune riunioni scolastiche che mi hanno allungato la giornata. Guardo l'orologio, son le dieci, saluto tutti i miei colleghi e mi metto in macchina. Avviso mia moglie di esser appena partito e che fra poco sarò a casa, accendo un pò la radio così d'avere compagnia durante il tragitto, attraverso i soliti posti, le solite vie... tutto sembra normale.

All'improvviso sento un rumore sordo. Tump. E il silenzio. Guardo attorno a me e vedo il mio corpo sdraiato sulla strada. Sulla mia sinistra vedo due macchine una contro l'altra, schiacciate tra di loro quasi irriconoscibili, vedo una cinquecento bianca muso a muso con la mia grande punto nera. Mi chiedo, cosa ci faccia quell'auto proprio lì, nel verso opposto di marcia. Incidentata con la mia, non ci capisco nulla. Vedo i vetri delle auto scoppiati, a terra. Sento i rumori dei clacson, che suonano ad intermittenza che mi infastidiscono, diventano sempre più forti e pesanti.

Non riesco a sopportarli, sento male dappertutto ma mi sento strano perchè io sono in piedi ma il mio corpo è sdraiato, lì sul ciglio della strada a pancia in sù e non riesco a capire.
Mi distraggo un momento, e vedo scendere da quella cinquecento bianca, un giovane ragazzo, su per giù va per i diciotto anni o poco più. Lo vedo pieno di paura, ha il volto tumefatto dal sangue, barcolla e con poca forza sulle gambe lo vedo avvicinarsi verso il mio corpo e lo sento esclamare *"Cos'ho fatto, cos'ho fatto"*.
Con le mani che gli sorreggono la testa, lo vedo indietreggiare verso le auto, dal lato passeggero della sua macchina prende il telefono ed lo sento chiamare qualcuno, gli sento pronunciare con la voce mozzata dal pianto *"Vieni, vieni è successa una tragedia. Chiama qualcuno, aiutami"*.
Io sono lì, vicino a lui all'impiedi ma mi sento di essere invisibile, vorrei tanto confortarlo, vorrei tanto dirgli che sto bene e che non deve avere paura e che questa notte lascerà spazio ad un nuovo giorno e tutto sarà risolto.
Ma non ho le forze, non riesco a fare e dire nulla.
Si avvicina nuovamente al mio corpo e lo vedo pietrificato, non ha il coraggio di sfiorarmi e nel frattempo si ferma una macchina. La mia vista incomincia a perdersi, attorno a me, via via tutte le immagini si colorano di nero, è tutto nero non riesco a focalizzare più nulla, non riesco nemmeno a vedere il colore della paura.

Dall'orecchio destro inizio a sentire una voce di una giovane donna, mi sembra di conoscerla, è una bellissima voce che mi trasmette serenità e pace. Non riuscendo a vedere nulla, chiudo gli occhi e mi concentro solo su quella voce, alla quale si aggiunge il pianto di un bambino. Le due voci diventano sempre più forti, apro gli occhi e mi ritrovo in una stanza con una madre che tiene tra le braccia un bambino appena nato, li riconosco, sono io da piccolo tra le braccia di mia madre.
Nella mia mente inizio a vedere le scene della mia vita, divento spettatore di tutto quello che ho vissuto sino ad oggi. Come se fossi all'interno di una sala di un cinema, seduto nella poltrona centrale a guardare un film in cui il protagonista sono io e la mia vita.
Le immagini scorrono velocemente, mi ritrovo catapultato di stanza in stanza, in epoche diverse, in periodi diversi.
Vivo delle fortissime emozioni, vedo me stesso da piccolo, giovane, ragazzo ma anche il me fidanzato, marito e padre. Tutto mi sembra così vero, così reale che non capisco dove mi trovo realmente.
I miei ricordi, sono così veri e presenti nella mia mente ma allo stesso tempo sento dei rumori strani, suoni di sirene proprio vicino a me. Sento le voci di persone che non conosco, e a sprazzi vedo visi e volti che non riesco a collegare nella mia vita quotidiana. Hanno dei strani arnesi tra le mani, li vedo sbattere avanti e indietro senza sosta.

Non si fermano un attimo, corrono su e giù, come se stessero correndo contro il tempo, contro un qualcosa che è più grande di loro. Stanno dando tutto, hanno un unico obiettivo, dare un secondo volto al destino. Solo adesso capisco, che la loro lotta è la soluzione per darmi una seconda vita. Mi fermo un attimo, li vedo prima in due, poi in tre e successivamente in quattro sul mio corpo. Io qui, mi trovo alle spalle di un medico che con le sue mani strette sul mio petto fa forza nel tentativo di rianimarmi. In silenzio osservo i loro movimenti, i loro gesti e penso che vorrei solamente tornare a casa. Tra le braccia delle persone che amo più di ogni altra cosa al mondo. Ho paura che il mio tempo sia finito, per questo chiudo gli occhi un attimo, per poi riaprirli immediatamente dopo e mi ritrovo a casa mia. Mi dirigo verso la camera da letto e vedo mia moglie distesa nel letto che sta dormendo, mi avvicino lentamente e le accarezzo il volto. Mi siedo ai piedi del letto e penso a quanto avrei voluto vedere invecchiare quelle fossette sul suo viso. Prendo un foglio di carta, una penna ed inizio a scriverle un pensiero speciale, come la nostra canzone preferita.

Sento dentro di me un mare di emozioni, quelle emozioni di una vita che scivola via. L'inventario dei miei giorni migliori è giunto al termine, rivedo in quella chiesa di periferia com'eri bella vestita di bianco, com'eri mia. I giorni neri sono spazzati dal vento da quando ci sei tu che dormi al mio fianco.

È tanto tempo che volevo dirti che solo adesso che ti ho qui davanti capisco anche io il perche, di tutti quei per sempre scritti nei nostri sogni, delle parole in gola urlate ad alta voce. E forse è vero come dicono che l'amore è strano, esiste sempre una storia che nasce e poi non finisce mai. Qualunque cosa accada, non finirà mai. Resteremo sempre insieme, anche quando tutto cadrà, fino a che tutto sembrerà solo un punto lontano. La vita continuerà lo stesso, il traffico continuerà a riempire la nostra città, le foglie sopra gli alberi continueranno a cambiare colore e non essere mai triste perchè ti cercherò in ogni angolo, in ogni posto. Fra un pò ti sveglierai fra il frastuono dei telefoni che suoneranno, per avvisarti dell'accaduto.

Ti chiedo di non pensare a niente, nè a cosa accadrà e ne a cosa sarà. Guarda quanto sono belli i nostri figli e immaginati in un isola lontano, mentre io sono il mare che continuamente con le sue onde la bacia e l'accarezza. Voi siete la mia isola, il mio porto sicuro e questa lettera è un regalo speciale che dedico a te, un pensiero scritto per amarti. Tu lo sai, sei la cosa che amo più di me, noi due siamo la torta perfetta. Quella fatta dal mio cuore con la dolcezza che sai dare tu. Non sono stato capace di regalarti il mondo, ma per tutta la vita ho cercato di donarti il mondo che c'è dentro di me.

In questo momento non ho tanta voce, e quello che sto scrivendo so che ormai resterà per la vita. Spero che tu mi perdonerai, quando durante questa notte, mi cercherai.

Ho il tempo di mettere il foglio sotto il suo cuscino, con la mia bocca sfioro le sue labbra e subito mi ritrovo dentro un tunnel buio, alla cui fine vedo una bellissima luce che passo dopo passo diventa sempre più grande. Un nuovo giorno nascerà e tutto ricomincerà. Sempre abbracciato al mio orsetto dal cuore rosso.

Fine

INDICE

NOTA BIOGRAFICA

Antonino Garozzo, Catania (CT) 1991.
Dopo la maturità scientifica, nel 2012 frequenta l'Accademia di belle arti di Catania, conseguendo la laurea con votazione 109/110 nel 2015 in "Comunicazione D'Impresa". Durante il percorso accademico, partecipa a diverse mostre culturale site a Paternò, Catania e Siracusa. Tra i docenti Gianni Latino con il quale collabora nel 2016 alla realizzazione del catalogo "Agata Anima Mundi" indetto dal Museo Diocesano di Catania. Il progetto curato non vede solo le mani di Garozzo e Latino ma anche quelle di Enrica Murabito, giovane progettista grafico di spessore nella cultura grafica siciliana.
Nel 2017 si specializza in ambito Editoriale con votazione 110/110, con una tesi dedicata alla grafica siciliana, portandolo alla frequentazione di botteghe redazionali come quelle di Antonio Giancotieri, titolare dello studio Atelier190 di Palermo, e Maurizio Accardi, grandissimo grafico che riesce attraverso i suoi libri e ai suoi lavori la cultura del progetto grafico. Da questo momento in poi inizia a confrontarsi con tantissime realtà siciliane, riuscendo a collaborare con aziende del panorama siciliano.
Ad Agosto 2018 entra a far parte del team di un giovane azienda catanese, Soluzione Globale, dove tutt'ora è il progettista grafico dell'azienda e social media manager. Garozzo, ha una visione schematizzata, matematica della grafica e non creativa o artistica. Tutta la comunicazione è dettata da studio e programmazione, l'arte invece è l'emozione del momento con comunicazione emozionale soggettiva.
Nel 2020 diventa docente di I e II grado nelle GPS di seconda fascia, consegue un Master di I livello da 1500 ore per 60cfu in DSA - Disturbi specifici per l'Apprendimento.
Nel mese di Giugno dell'anno 2021 diventa collaboratore della piattaforma Shutterstock, riuscendo a vendere le proprie grafiche in paesi come Australia, Messico, Portogallo, Polonia, Svizzera, Korea nonchè la nazione d'origine l'Italia.

www.ingramcontent.com/pod-product-compliance
Ingram Content Group UK Ltd.
Pitfield, Milton Keynes, MK11 3LW, UK
UKHW021937190726
13853UKWH00004B/1510

9 798798 472994